HÉSIODE ÉDITIONS

ALFRED DE MUSSET

# Gamiani ou deux nuits d'excès

Hésiode éditions

© Hésiode éditions.

1 rue Honoré - 93500 Pantin.
ISBN 978-2-493135-82-7
Dépôt légal : Septembre 2022

*Impression Books on Demand GmbH*

*In de Tarpen 42*
*22848 Norderstedt, Allemagne*

# Gamiani ou deux nuits d'excès

# PREMIÈRE PARTIE

Minuit sonnait, et les salons de la comtesse Gamiani resplendissaient encore de l'éclat des lumières.

Les rondes, les quadrilles s'animaient, s'emportaient aux sons d'un orchestre enivrant. Les toilettes étaient merveilleuses ; les parures étincelaient.

Gracieuse, empressée, la maîtresse du bal semblait jouir du succès d'une fête préparée, annoncée à grands frais. On la voyait sourire agréablement à tous les mots flatteurs, aux paroles d'usage que chacun lui prodiguait pour payer sa présence.

Renfermé dans mon rôle habituel d'observateur, j'avais déjà fait plus d'une remarque qui me dispensait d'accorder à la comtesse Gamiani le mérite qu'on lui supposait. Comme femme du monde, je l'eus bientôt jugée ; il me restait à disséquer son être moral, à porter le scalpel dans les régions du cœur ; et je ne sais quoi d'étrange, d'inconnu, me gênait, m'arrêtait dans mon examen. J'éprouvais une peine infinie à démêler le fond de l'existence de cette femme, dont la conduite n'expliquait rien.

Jeune encore avec une immense fortune, jolie au goût du grand nombre, cette femme, sans parents, sans amis avoués, s'était en quelque sorte individualisée dans le monde. Elle dépensait, seule, une existence capable, en toute apparence, de supporter plus d'un partage.

Bien des langues avaient glosé, finissant toujours par médire ; mais, faute de preuves, la comtesse demeurait impénétrable.

Les uns l'appelaient une Fœdora, une femme sans cœur et sans tempérament ; d'autres lui supposaient une âme profondément blessée et qui veut désormais se soustraire aux déceptions cruelles.

Je voulais sortir du doute : je mis à contribution toutes les ressources de ma logique ; mais ce fut en vain : je n'arrivai jamais à une conclusion satisfaisante.

Dépité, j'allais quitter mon sujet, lorsque, derrière moi, un vieux libertin, élevant la voix, jeta cette exclamation : Bah ! c'est une tribade !

Ce mot fut un éclair : tout s'enchaînait, s'expliquait ! il n'y avait plus de contradiction possible.

Une tribade ! Oh ! ce mot retentit à l'oreille d'une manière étrange ; puis, il élève en vous je ne sais quelles images confuses de voluptés inouïes, lascives à l'excès. C'est la rage luxurieuse, la lubricité forcenée, la jouissance horrible qui reste inachevée !

Vainement j'écartai ces idées ; elles mirent en un instant mon imagination en débauche. Je voyais déjà la comtesse nue, dans les bras d'une autre femme, les cheveux épars, pantelante, abattue, et que tourmente encore un plaisir avorté.

Mon sang était de feu, mes sens grondaient : je tombai comme étourdi sur un sopha.

Revenu de cette émotion, je calculai froidement ce que j'avais à faire pour surprendre la comtesse : il le fallait à tout prix.

Je me décidai à l'observer pendant la nuit, à me cacher dans sa chambre à coucher. La porte vitrée d'un cabinet de toilette faisait face au lit. Je compris tout l'avantage de cette position, et, me dérobant, à l'aide de quelques robes suspendues, je me résignai patiemment à attendre l'heure du sabbat.

J'étais à peine blotti, que la comtesse parut, appelant sa cameriste, jeune fille au teint brun, aux formes accusées : – Julie, je me passerai de vous ce soir. Couchez-vous… Ah ! si vous entendez du bruit dans ma chambre, ne vous dérangez pas : je veux être seule.

Ces paroles promettaient presque un drame. Je m'applaudissais de mon audace.

Peu à peu les voix du salon s'affaiblirent ; la comtesse resta seule avec une de ses amies, mademoiselle Fanny B***. Toutes deux se trouvèrent bientôt dans la chambre et devant mes yeux.

FANNY.
Quel fâcheux contretemps ! La pluie tombe à torrents, et pas une voiture !

GAMIANI.
Je suis désolée comme vous ; par malencontre, ma voiture est chez le sellier.

FANNY.
Ma mère sera inquiète.

GAMIANI.
Soyez sans crainte, ma chère Fanny, votre mère est prévenue ; elle sait que vous passez la nuit chez moi. Je vous donne l'hospitalité.

FANNY.
Vous êtes trop bonne, en vérité ! Je vais vous causer de l'embarras.

GAMIANI.
Dites un vrai plaisir. C'est une aventure qui me divertit… Je ne veux pas vous envoyer coucher seule dans une autre chambre ; nous resterons ensemble.

FANNY.
Pourquoi ? je dérangerai votre sommeil.

GAMIANI.
Vous êtes trop cérémonieuse… Voyons ! soyons comme deux jeunes amies, comme deux pensionnaires.

Un doux baiser vint appuyer ce tendre épanchement.

– Je vais vous aider à vous déshabiller. Ma femme de chambre est couchée ; nous pouvons nous en passer… Comme elle est faite ! heureuse fille ! j'admire votre taille !

FANNY.
Vous trouvez qu'elle est bien ?

GAMIANI.
Ravissante !

FANNY.
Vous voulez me flatter…

GAMIANI.
Oh ! merveilleuse ! Quelle blancheur ! C'est à en être jalouse !

FANNY.
Pour celui-là, je ne vous le passe pas ; franchement, vous êtes plus blanche que moi.

GAMIANI.
Vous n'y pensez pas, enfant !… ôtez donc tout comme moi. Quel embarras ! on vous dirait devant un homme. Là ! voyez dans la glace… Comme Pâris vous jetterait la pomme ! Friponne ! elle sourit de se voir si

belle… Vous méritez bien un baiser sur votre front, sur vos joues, sur vos lèvres ! Elle est belle partout, partout !…

La bouche de la comtesse se promenait lascive, ardente, sur le corps de Fanny. Interdite, tremblante, Fanny laissait tout faire et ne comprenait pas.

C'était bien un couple délicieux de volupté, de grâces, d'abandon lascif, de pudeur craintive. On eût dit une vierge, un ange aux bras d'une bacchante en fureur.

Que de beautés livrées à mon regard, quel spectacle à soulever mes sens !

FANNY.
Oh ! que faites-vous ! laissez, madame, je vous prie…

GAMIANI.
Non ! ma Fanny, mon enfant, ma vie ! ma joie ! Tu es trop belle ! Vois-tu ! je t'aime ! je t'aime d'amour ! je suis folle !…

Vainement l'enfant se débattait. Les baisers étouffaient ses cris. Pressée, enlacée, sa résistance était inutile. La comtesse, dans son étreinte fougueuse, l'emportait sur son lit, l'y jetait comme une proie à dévorer.

FANNY.
Qu'avez-vous ? Oh ! Dieu ! madame, c'est affreux !… Je crie, laissez-moi !… Vous me faites peur !…

Et des baisers plus vifs, plus pressés, répondaient à ses cris. Les bras enlaçaient plus fort ; les deux corps n'en faisaient qu'un…

GAMIANI.
Fanny, à moi ! à moi tout entière ! Viens ! voilà ma vie ! Tiens !… c'est du plaisir !… Comme tu trembles, enfant… Ah ! tu cèdes !…

FANNY.

C'est mal ! c'est mal ! Vous me tuez… Ah !… je meurs !

GAMIANI.

Oui, serre-moi, ma petite, mon amour ! Serre bien, plus fort ! Qu'elle est belle dans le plaisir !… Lascive !… tu jouis, tu es heureuse !… Oh ! Dieu !

Ce fut alors un spectacle étrange. La comtesse, l'œil en feu, les cheveux épars, se ruait, se tordait sur sa victime, que les sens agitaient à son tour. Toutes deux se tenaient, s'étreignaient avec force. Toutes deux se renvoyaient leurs bonds, leurs élans, étouffaient leurs cris, leurs soupirs dans des baisers de feu.

Le lit craquait aux secousses furieuses de la comtesse.

Bientôt épuisée, abattue, Fanny laissa tomber ses bras. Pâle, elle restait immobile comme une belle morte.

La comtesse délirait. Le plaisir la tuait et ne l'achevait pas. Furieuse, bondissante, elle s'élança au milieu de la chambre, se roula sur le tapis, s'excitant par des poses lascives, bien follement lubriques, provoquant avec ses doigts tout l'excès des plaisirs !…

Cette vue acheva d'égarer ma tête.

Un instant, le dégoût, l'indignation m'avaient dominé ; je voulais me montrer à la comtesse, l'accabler du poids de mon mépris. Les sens furent plus forts que la raison. La chair triompha superbe, frémissante. J'étais étourdi, comme fou. Je m'élançai sur la belle Fanny, nu, tout en feu, pourpré, terrible… Elle eut à peine le temps de comprendre cette nouvelle attaque, que, déjà triomphant, je sentais son corps souple et frêle trembler, s'agiter sous le mien, répondre à chacun de mes coups. Nos langues se croisaient brûlantes, acérées ; nos âmes se fondaient dans une seule !

FANNY.
Ah ! mon Dieu !... on me tue !...

À ces mots, la belle se raidit, soupire et puis retombe en m'inondant de ses faveurs.

– Ah ! Fanny ! m'écriai-je, attends... à toi !... ah !

À mon tour je crus rendre toute ma vie.

Quel excès !... Anéanti, perdu dans les bras de Fanny, je n'avais rien senti des attaques terribles de la comtesse.

Rappelée à elle par nos cris, nos soupirs, transportée de fureur et d'envie, elle s'était jetée sur moi pour m'arracher à son amie. Ses bras m'étreignaient en me secouant, ses doigts creusaient ma chair, ses dents mordaient.

Ce double contact de deux corps suant le plaisir, tout brûlants de luxure, me ravivait encore, redoublait mes désirs.

Le feu me touchait partout. Je demeurai ferme, victorieux, au pouvoir de Fanny ; puis, sans rien perdre de ma position, dans ce désordre étrange de trois corps se mêlant, se croisant, s'enchevêtrant l'un dans l'autre, je parvins à saisir fortement les cuisses de la comtesse, à les tenir écartées au-dessus de ma tête.

– Gamiani ! à moi ! portez-vous en avant, ferme sur vos bras !

Gamiani me comprit, et je pus à loisir poser une langue active, dévorante, sur sa partie en feu.

Fanny, insensée, éperdue, caressait amoureusement la gorge palpitante qui se mouvait au-dessus d'elle.

En un instant, la comtesse fut vaincue, achevée.

GAMIANI.
Quel feu vous allumez ! c'est trop…
grâce !… Ah !… quel jeu lubrique ! Vous me tuez… Dieu !… j'étouffe !…

Le corps de la comtesse retomba lourdement de côté comme une masse morte.

Fanny, plus exaltée encore, jette ses bras à mon cou, m'enlace, me serre, croise ses jambes sur mes reins !

FANNY.
Cher ami ! à moi… tout à moi ! Modère un peu… arrête… là… ah !… va plus vite… va donc !… ah ! je sens… je nage !… je…

Et nous restâmes l'un sur l'autre, étendus, raides, sans mouvement ; nos bouches, entr'ouvertes, mêlées, se renvoyaient à peine nos haleines presque éteintes.

Peu à peu nous revînmes à nous. Tous trois nous nous relevâmes et nous fûmes un instant à nous regarder stupidement.

Surprise, honteuse de ses emportements, la comtesse se couvrit à la hâte. Fanny se déroba sous les draps ; puis, comme un enfant qui comprend sa faute quand elle est commise et irréparable, elle se mit à pleurer ; la comtesse ne tarda pas à m'apostropher.

GAMIANI.
Monsieur, c'est une bien misérable surprise. Votre action n'est qu'un

odieux guet-apens, une lâcheté infâme !... Vous me forcez à rougir.

Je voulus me défendre.

GAMIANI.
Oh ! monsieur, sachez qu'une femme ne pardonne jamais à qui surprend sa faiblesse.

Je ripostai de mon mieux. Je déclarai une passion funeste, irrésistible, que sa froideur avait désespérée, réduite à la ruse, à la violence...

– D'ailleurs, ajoutai-je, pouvez-vous croire, Gamiani, que j'abuse jamais d'un secret que je dois plus au hasard qu'à ma témérité. Oh ! non ; ce serait trop ignoble. Je n'oublierai de ma vie l'excès de nos plaisirs, mais j'en garderai pour moi seul le souvenir. Si je fus coupable, songez que j'avais le délire dans le cœur, ou plutôt, ne gardez qu'une pensée, celle des plaisirs que nous avons goûtés ensemble, que nous pouvons goûter encore.

M'adressant ensuite à Fanny, tandis que la comtesse dérobait sa tête, feignant de se désoler :

– Calmez-vous, mademoiselle ; des larmes dans le plaisir ! Oh ! ne songez qu'à la douce félicité qui nous unissait tout à l'heure ; qu'elle reste dans vos souvenirs comme un rêve heureux qui n'appartient qu'à vous, que vous seule savez. Je vous le jure, je ne gâterai jamais la pensée de mon bonheur en la confiant à d'autres.

La colère s'apaisa, les larmes se tarirent, insensiblement nous nous retrouvâmes tous les trois entrelacés, disputant de folies, de baisers et de caresses... – Oh ! mes belles amies, que nulle crainte ne vienne nous troubler. Livrons-nous sans réserve... comme si cette nuit était la dernière, à la joie, à la volupté !

Et Gamiani de s'écrier : – Le sort en est jeté, au plaisir ! Viens, Fanny… baise donc, folle !… tiens !… que je te morde… que je te suce, que je t'aspire jusqu'à la moelle ! Alcide, en devoir !… Oh ! le superbe animal ! quelle richesse !…

– Vous l'enviez, Gamiani, à vous donc ! Vous dédaignez ce plaisir : vous le bénirez quand vous l'aurez bien goûté. Restez couchée. Portez en avant la partie que je vais attaquer. Ah ! que de beautés, quelle posture ! Vite, Fanny, enjambez la comtesse ; conduisez vous-même cette arme terrible, cette arme de feu ; battez en brèche, ferme !… trop fort, trop vite… Gamiani !… Ah !… vous escamotez le plaisir !…

La comtesse s'agitait comme une possédée, plus occupée des baisers de Fanny que de mes efforts. Je profitai d'un mouvement qui dérangea tout, pour renverser Fanny sur le corps de la comtesse, pour l'attaquer avec fureur. En un instant, nous fûmes tous les trois confondus, abîmés de plaisir !

GAMIANI.
Quel caprice, Alcide ! Vous avez tourné subitement à l'ennemi… Oh ! je vous pardonne ; vous avez compris que c'était perdre trop de plaisir pour une insensible. Que voulez-vous ? J'ai la triste condition d'avoir divorcé avec la nature. Je ne rêve, je ne sens plus que l'horrible, l'extravagant. Je poursuis l'impossible. Oh ! c'est affreux ! Se consumer, s'abrutir dans des déceptions ! Désirer toujours, n'être jamais satisfaite. Mon imagination me tue… C'est être bien malheureuse !

Il y avait dans tout ce discours une action si vive, une expression si forte de désespoir, que je me sentis ému de pitié. Cette femme souffrait à faire mal… – Cet état n'est peut-être que passager, Gamiani ; vous vous nourrissez trop de lectures funestes.

GAMIANI.
Oh ! non ! non ! ce n'est pas moi…

Écoutez : vous me plaindrez, vous m'excuserez peut-être.

J'ai été élevée, en Italie, par une tante restée veuve de bonne heure. J'avais atteint ma quinzième année, et je ne savais des choses de ce monde que les terreurs de la religion. Je passais ma vie à supplier le ciel de m'épargner les peines de l'enfer.

Ma tante m'inspirait ces craintes, sans les tempérer jamais par la moindre preuve de tendresse. Je n'avais d'autre douceur que mon sommeil. Mes jours passaient tristes comme les nuits d'un condamné.

Parfois seulement, ma tante m'appelait le matin dans son lit. Alors, ses regards étaient doux, ses paroles flatteuses. Elle m'attirait sur son sein, sur ses cuisses, et m'étreignait tout à coup dans des embrassements convulsifs ; je la voyais se tordre, renverser la tête et se pâmer avec un rire de folle.

Épouvantée, je la contemplais immobile, et je la croyais atteinte d'épilepsie.

À la suite d'un long entretien qu'elle eut avec un moine franciscain, je fus appelée, et le révérend père me tint ce discours :

– Ma fille, vous grandissez. Déjà le démon tentateur peut vous voir. Bientôt vous sentirez ses attaques. Si vous n'êtes pure et sans tache, ses traits pourront vous atteindre ; si vous êtes exempte de souillure, vous resterez invulnérable. Par des douleurs Notre-Seigneur a racheté le monde ; par les souffrances vous rachèterez aussi vos propres péchés. Préparez-vous à subir le martyre de la rédemption. Demandez à Dieu la force et le courage nécessaires : ce soir, vous serez éprouvée… Allez en paix, ma fille.

Ma tante m'avait déjà parlé, depuis quelques jours, de souffrances, de tortures à endurer pour racheter ses péchés. Je me retirai effrayée des paroles du moine. Seule, je voulus prier, m'occuper de Dieu ; mais je ne pouvais voir que l'image du supplice qui m'attendait.

Ma tante vint me trouver au milieu de la nuit. Elle m'ordonna de me mettre nue, me lava de la tête aux pieds et me fit prendre une grande robe noire serrée autour du cou et entièrement fendue par derrière. Elle s'habilla de même, et nous partîmes de la maison, en voiture.

Au bout d'une heure, je me vis dans une vaste salle tendue en noir, éclairée par une seule lampe suspendue au plafond.

Au milieu s'élevait un prie-Dieu environné de coussins.

– Agenouillez-vous, ma nièce ; préparez-vous par la prière, et supportez avec courage tout le mal que Dieu veut vous infliger.

J'avais à peine obéi, qu'une porte secrète s'ouvrit : un moine, vêtu comme nous, s'approcha de moi, marmotta quelques paroles ; puis, écartant ma robe et faisant tomber les pans de chaque côté, il mit à découvert toute la partie postérieure de mon corps.

Un léger frémissement échappa au moine, extasié sans doute à la vue de ma chair ; sa main se promena partout, s'arrêta sur mes fesses et finit par se poser plus bas.

– C'est par là que la femme pèche, c'est par là qu'elle doit souffrir ! dit une voix sépulcrale.

Ces paroles étaient à peine prononcées, que je me sentis battue de coups de verges, de nœuds de cordes garnis de pointes en fer. Je me cramponnai au prie-Dieu, je m'efforçai d'étouffer mes cris, mais en vain : la douleur était trop forte. Je m'élançai dans la salle, criant : Grâce ! grâce ! je ne puis supporter ce supplice ; tuez-moi plutôt ! Pitié ! je vous prie !

– Misérable lâche ! s'écria ma tante indignée. Il vous faut mon exemple !

À ces mots, elle s'expose bravement toute nue, écartant les cuisses, les tenant élevées.

Les coups pleuvaient ; le bourreau était impassible. En un instant, les cuisses furent en sang.

Ma tante restait inébranlable, criant par moment : Plus fort !... ah !... plus fort encore !...

Cette vue me transporta ; je me sentis un courage surnaturel, je m'écriai que j'étais prête à tout souffrir.

Ma tante se releva aussitôt, me couvrit de baisers brûlants, tandis que le moine liait mes mains et plaçait un bandeau sur mes yeux.

Que vous dirai-je, enfin ! Mon supplice recommença plus terrible. Engourdie bientôt par la douleur, j'étais sans mouvement, je ne sentais plus. Seulement, à travers le bruit de mes coups, j'entendais confusément des cris, des éclats, des mains frappant sur des chairs. C'étaient aussi des rires insensés, rires nerveux, convulsifs, précurseurs de la joie des sens. Par moments, la voix de ma tante, qui râlait la volupté, dominait cette harmonie étrange, ce concert d'orgie, cette saturnale de sang.

Plus tard, j'ai compris que le spectacle de mon supplice servait à réveiller des désirs ; chacun de mes soupirs étouffés provoquait un élan de volupté.

Lassé sans doute, mon bourreau avait fini. Toujours immobile, j'étais dans l'épouvante, résignée à mourir, et cependant, à mesure que l'usage de mes sens revenait, j'éprouvais une démangeaison singulière ; mon corps frémissait, était en feu. Je m'agitais lubriquement, comme pour satisfaire un désir insatiable. Tout à coup, deux bras nerveux m'enlacèrent ; je ne savais quoi de chaud, de tendu, vint battre mes fesses, se glisser plus bas et me pénétrer subitement. À ce moment, je crus être fendue en deux. Je poussai un cri affreux, que couvrirent aussitôt des éclats de rire. Deux ou trois secousses terribles achevèrent d'introduire en entier le rude fléau qui m'abîmait. Mes cuisses saignantes se collaient aux cuisses de mon adversaire ; il me semblait que nos chairs s'entremêlaient pour se fondre en un seul corps. Toutes mes veines étaient gonflées, mes nerfs tendus. Le frottement vigoureux que je subissais, et qui s'opérait avec une incroyable agilité, m'échauffa tellement, que je crus avoir reçu un fer rouge.

Je tombai bientôt dans l'extase ; je me vis au ciel. Une liqueur visqueuse et brûlante vint m'inonder rapidement, pénétra jusqu'à mes os, chatouilla jusqu'à la moelle… Oh ! c'était trop !… Je fondais comme une lave ardente… Je sentais courir en moi un fluide actif, dévorant ; j'en provoquai l'éjaculation par secousses furieuses, et je tombai épuisée dans un abîme sans fin de volupté inouïe…

FANNY.
Gamiani, quelle peinture ! Vous nous mettez le diable au corps.

GAMIANI.
Ce n'est pas tout.

Ma volupté se changea bientôt en douleur atroce. Je fus horriblement brutalisée. Plus de vingt moines se ruèrent à leur tour en cannibales effrénés. Ma tête tomba de côté ; mon corps, brisé, rompu, gisait sur les coussins, pareil à un cadavre. Je fus emportée mourante dans mon lit.

FANNY.
Quelle cruauté infâme !

GAMIANI.
Oh ! oui, infâme ! et plus funeste encore.

Revenue à la vie, à la santé, je compris l'horrible perversité de ma tante et de ses infâmes compagnons de débauche, que l'image de tortures affreuses aiguillonnait seule encore. Je leur jurai une haine mortelle, et cette haine, dans ma vengeance, mon désespoir, je la portai sur tous les hommes.

L'idée de subir leurs caresses m'a toujours révoltée. Je n'ai plus voulu servir de vil jouet à leurs désirs.

Mon tempérament était de feu, il fallut le satisfaire. Je ne fus guérie plus tard de l'onanisme que par les doctes leçons des filles du couvent de la Rédemption. Leur science fatale m'a perdue pour jamais !

Ici les sanglots étouffèrent la voix altérée de la comtesse.

Les caresses ne pouvaient rien sur cette femme. Pour faire diversion, je m'adressai à Fanny.

ALCIDE.
À votre tour, belle étonnée ! Vous voilà, en une nuit, initiée à bien des mystères. Voyons ! racontez-nous comment vous avez ressenti les premiers plaisirs des sens.

FANNY.
Moi ! je n'oserais, je vous l'avoue.

ALCIDE.
Votre pudeur est au moins hors de saison.

FANNY.
Non, mais après le récit de la comtesse, ce que je pourrais vous dire serait trop insignifiant.

ALCIDE.
Vous n'y pensez pas, pauvre ingénue ! Pourquoi hésiter ? Ne sommes-nous pas confondus par le plaisir et les sens ? Nous n'avons plus à rougir. Nous avons tout fait, nous pouvons tout dire.

GAMIANI.
Voyons, ma belle, un baiser, deux, cent ! s'il le faut, pour te décider. Et Alcide, comme il est amoureux ! Vois ! il te menace.

FANNY.
Non, non, laissez, Alcide, je n'ai plus de force. Grâce ! je vous prie… Gamiani, que vous êtes lubrique !… Alcide, ôtez-vous… oh !…

ALCIDE.
Pas de quartier, morbleu ! ou Curtius se précipite tout armé, ou vous allez nous donner l'odyssée de votre pucelage.

FANNY.
Vous m'y forcez ?

GAMIANI ET ALCIDE.
Oui, oui !

FANNY.
Je suis arrivée à quinze ans, bien innocente, je vous jure. Ma pensée même ne s'était jamais arrêtée sur tout ce qui tient à la différence des

sexes. Je vivais insouciante, heureuse sans doute, lorsqu'un jour de grande chaleur, étant seule à la maison, j'éprouvai comme un besoin de me dilater, de me mettre à l'aise.

Je me déshabillai, je m'étendis presque nue sur un divan… Oh ! j'ai honte !… Je m'allongeais, j'écartais mes cuisses, je m'agitais en tous sens. À mon insu, je formais les postures les plus indécentes.

L'étoffe du divan était glacée. Sa fraîcheur me causa une sensation agréable, un frôlement voluptueux par tout le corps. Oh ! comme je respirais librement, entourée d'une atmosphère tiède, doucement pénétrante. Quelle volupté suave et ravissante ! J'étais dans une délicieuse extase. Il me semblait qu'une vie nouvelle inondait mon être, que j'étais plus forte, plus grande, que j'aspirais un souffle divin, que je m'épanouissais aux rayons d'un beau ciel.

ALCIDE.
Vous êtes poétique, Fanny.

FANNY.
Oh ! je vous décris exactement mes sensations. Mes yeux erraient complaisamment sur moi, mes mains volaient sur mon cou, sur mon sein. Plus bas elles s'arrêtèrent et je tombai malgré moi dans une rêverie profonde.

Les mots d'amour, d'amant, me revenaient sans cesse avec leur sens inexplicable. Je finis par me trouver bien seule. J'oubliais que j'avais des parents, des amis ; j'éprouvai un vide affreux.

Je me levai, regardant tristement autour de moi.

Je restai quelque temps pensive, la tête mélancoliquement penchée, les mains jointes, les bras pendants. Puis, m'examinant, me touchant de nouveau, je me demandai si tout cela n'avait pas un but, une fin… Instinctivement je comprenais qu'il me manquait quelque chose que je ne pouvais définir, mais que je voulais, que je désirais de toute mon âme.

Je devais avoir l'air égaré, car je riais parfois frénétiquement ; mes bras s'ouvraient comme pour saisir l'objet de mes vœux ; j'allais jusqu'à m'étreindre. Je m'enlaçais, je me caressais ; il me fallait absolument une réalité, un corps à saisir, à presser ; dans mon étrange hallucination, je m'emparais de moi-même, croyant m'attacher à un autre.

À travers les vitraux on découvrait au loin les arbres, les gazons, et j'étais tentée d'aller me rouler à terre ou de me perdre, aérienne, dans les feuilles. Je contemplais le ciel, et j'aurais voulu voler dans l'air, me fondre dans l'azur, me mêler aux vapeurs au ciel, aux anges !

Je pouvais devenir folle : mon sang refluait brûlant vers ma tête.

Éperdue, transportée, je m'étais précipitée sur les coussins. J'en tenais un serré entre mes cuisses, j'en pressais un autre dans mes bras, je le baisais follement, je l'entourais avec passion, je lui souriais même, je crois, tant j'étais ivre, dominée par les sens. Tout à coup je m'arrête, je frémis ; il me semble que je fonds, que je m'abîme ! Ah ! m'écriai-je, mon Dieu ! ah ! ah ! et je me relevai subitement épouvantée.

J'étais toute mouillée.

Ne pouvant rien comprendre à ce qui m'était arrivé, je crus être blessée, j'eus peur. Je me jetai à genoux, suppliant Dieu de me pardonner si j'avais fait mal.

ALCIDE.
Aimable innocente ! Vous n'avez confié à personne ce qui vous avait si fort effrayée ?

FANNY.
Non, jamais ! je ne l'aurais pas osé. J'étais encore ignorante il y a une heure ; vous m'avez révélé le mot de la charade.

ALCIDE.
Ô Fanny ! cet aveu me met au comble de la félicité. Mon amie, reçois encore cette preuve de mon amour. Gamiani, excitez-moi, que j'inonde cette jeune fleur de la rosée céleste.

GAMIANI.
Quel feu ! quelle ardeur ! Fanny, tu te pâmes déjà… oh ! elle jouit… elle jouit !…

FANNY.
Alcide ! Alcide !… j'expire… je…

Et la douce volupté nous abîmait d'ivresse, nous portait tous les deux au ciel.

Après un instant de repos, calme des sens, je parlai moi-même en ces termes :

– Je suis né de parents jeunes et robustes. Mon enfance fut heureuse, exempte de pleurs et de maladie. Aussi, dès l'âge de treize ans étais-je un homme fait. Les aiguillons de la chair se faisaient déjà vivement sentir.

Destiné à l'état ecclésiastique, élevé dans toute la rigueur des principes de la chasteté, je combattais de toutes mes forces les premiers désirs des sens. Ma chair s'éveillait, s'irritait, puissante, impérieuse, et je la macérais impitoyablement.

Je me condamnais au jeûne le plus rigoureux. La nuit, dans mon sommeil, la nature obtenait un soulagement, et je m'en effrayais comme d'un désordre dont j'étais coupable. Je redoublais d'abstinences et d'attention à écarter toute pensée funeste. Cette opposition, ce combat intérieur finirent par me rendre lourd et comme hébété. Ma continence forcée porta dans tous mes sens une sensibilité ou plutôt une irritation que je n'avais jamais sentie.

J'avais souvent le vertige. Il me semblait que les objets tournaient et moi avec eux. Si une jeune femme s'offrait par hasard à ma vue, elle me paraissait vivement enluminée et resplendissante d'un feu pareil à des étincelles électriques.

L'humeur, échauffée de plus en plus et trop abondante, se portait dans ma tête, et les parties de feu dont elle était remplie, frappant vivement contre la vitre de mes yeux, y causaient une sorte de mirage éblouissant.

Cet état durait depuis plusieurs mois, lorsqu'un matin je sentis tout à coup dans tous mes membres une contraction et une tension violentes, suivies d'un mouvement affreux et convulsif pareil à ceux qui accompagnent ordinairement les transports épileptiques… Mes éblouissements lumineux revinrent avec plus de force que jamais… Je vis d'abord un cercle noir tourner rapidement devant moi, s'agrandir et devenir immense : une lumière vive et rapide s'échappa de l'axe du cercle et éclaira toute l'étendue.

Je découvrais un horizon sans fin, de vastes cieux enflammés, traversés par mille fusées volantes qui toutes retombaient éblouissantes en pluie dorée, étincelles de saphir, d'émeraude et d'azur.

Le feu s'éteignit ; un jour bleuâtre et velouté vint le remplacer : il me semblait que je nageais dans une lumière limpide et douce, suave comme un pâle reflet de la lune dans une belle nuit d'été, et voilà que, du point le plus éloigné, accourent à moi, vaporeuses, aériennes comme un essaim de papillons dorés, des myriades infinies de jeunes filles nues, éblouissantes de fraîcheur, transparentes comme des statues d'albâtre.

Je m'élançais au devant de mes sylphides, mais elles s'échappaient rieuses et folâtres ; leurs groupes délicieux se fondaient un moment dans l'azur et puis reparaissaient plus vifs, plus joyeux ; bouquets charmants de figures ravissantes qui toutes me donnaient un fin sourire, un regard malicieux !

Peu à peu, les jeunes filles s'éclipsèrent ; alors vinrent à moi des femmes dans l'âge de l'amour et des tendres passions.

Les unes, vives, animées, au regard de feu, aux gorges palpitantes ; les autres, pâles et penchées comme des vierges d'Ossian. Leurs corps frêles, voluptueux, se dérobaient sous la gaze. Elles semblaient mourir de langueur et d'attente : elles m'ouvraient leurs bras et me fuyaient toujours.

Je m'agitais lubriquement sur ma couche ; je m'élevais sur mes jambes et mes mains, secouant frénétiquement mon glorieux priape. Je parlais d'amour, de plaisir, dans les termes les plus indécents ; mes souvenirs classiques se mêlant un instant à mes rêves, je vis Jupiter en feu, Junon maniant sa foudre ; je vis tout l'Olympe en rut, dans un désordre, un pêle-mêle étranges ; après, j'assistai à une orgie, une bacchanale d'enfer : dans une caverne sombre et profonde, éclairée par des torches puantes aux lueurs rougeâtres, des teintes bleues et vertes se reflétaient hideusement sur les corps de cent diables aux figures de bouc, aux formes grotesquement lubriques.

Les uns, lancés sur une escarpolette, superbement armés, allaient fondre sur une femme, la pénétraient subitement de tout leur dard et lui causaient l'horrible convulsion d'une jouissance rapide, inattendue. D'autres, plus lutins, renversaient une prude la tête en bas, et tous, avec un rire fou, à l'aide d'un mouton, lui enfonçaient un riche priape de feu, lui martelant à plaisir l'excès des voluptés. On en voyait encore quelques-uns, la mèche en main, allumant un canon d'où sortait un membre foudroyant que recevait, inébranlable, les cuisses écartées, une diablesse frénétique.

Les plus méchants de la bande attachaient une Messaline par les quatre membres et se livraient devant elle à toutes les joies, aux plaisirs les plus expressifs. La malheureuse se tortillait, furieuse, écumante, avide d'un plaisir qui ne pouvait lui arriver.

Çà et là, mille petits diablotins, plus laids, plus sautillants, plus rampants les uns que les autres, allaient, venaient, suçant, pinçant, mordant, dansant en rond, se mêlant entre eux. Partout c'étaient des rires, des éclats, des convulsions, des frénésies, des cris, des soupirs, des évanouissements de volupté.

Dans un espace plus élevé, les diables du premier rang se divertissaient jovialement à parodier les mystères de notre sainte religion.

Une nonne toute nue, prosternée, l'œil béatifiquement tourné vers la voûte, recevait avec une dévotieuse ardeur la blanche communion que lui donnait, au bout d'un fort honnête goupillon, un grand diable crossé, mîtré tout à l'envers. Plus loin, une diablotine recevait à flots sur son front le baptême de vie, tandis qu'une autre, feignant la moribonde, était expédiée avec une effroyable profusion de saint viatique.

Un maître diable, porté sur quatre épaules, balançait fièrement la plus énergique démonstration de sa jouissance érotico-satanique, et, dans ses moments d'humeur, répandait à flots la liqueur bénite. Chacun se prosternait à son passage. C'était la procession du Saint-Sacrement !

Mais voilà qu'une heure sonne, et aussitôt tous les diables s'appellent, se prennent par la main et forment une ronde immense.

Le branle se donne ; ils tournent, s'emportent et volent comme l'éclair.

Les plus faibles succombent dans ce tournoiement rapide, ce galop insensé. Leur chute fait culbuter les autres ; ce n'est plus qu'une horrible confusion, un pêle-mêle affreux d'enlacements grotesques, d'accouplements hideux ; chaos immonde de corps abîmés, tout tachés de luxure, que vient dérober une fumée épaisse.

GAMIANI.
Vous brodez à merveille, Alcide ; votre rêve ferait bien dans un livre…

ALCIDE.
Que voulez-vous ? il faut passer la nuit… Écoutez encore : la suite n'est plus que la réalité.

Lorsque je fus remis de cet accès terrible, je me sentis moins lourd, mais plus abattu. Trois femmes, jeunes encore et vêtues d'un simple peignoir blanc, étaient assises près de mon lit. Je crus que mon vertige durait encore ; mais on m'apprit bientôt que mon médecin, comprenant ma maladie, avait jugé à propos de m'appliquer le seul remède qui me fût convenable.

Je pris d'abord une main blanche et potelée que je couvris de baisers. Une lèvre fraîche et rose vint se poser sur ma bouche. Ce contact délicieux m'électrisa ; j'avais toute l'ardeur d'un fou égaré.

– Oh ! belles amies ! m'écriai-je, je veux être heureux, heureux à l'excès ; je veux mourir dans vos bras. Prêtez-vous à mes transports, à ma folie !

Aussitôt je jette loin de moi ce qui me couvre encore, je m'étends sur mon lit. Un coussin placé sous mes reins me tient dans la position la plus avantageuse. Mon priape se dresse superbe, radieux !

– Toi, brune piquante, à la gorge si ferme et si blanche, sieds-toi au pied du lit, les jambes étendues près des miennes. Bien ! Porte mes pieds sur ton sein, frotte-les doucement sur tes jolis boutons d'amour. À ravir ! ah ! tu es délicieuse ! – La blonde aux yeux bleus, à moi ! tu seras ma reine !…

Viens te placer à cheval sur le trône. Prends d'une main le sceptre enflammé, cache-le tout entier dans ton empire... Ouf ! pas si vite ! Attends... sois lente, cadencée, comme un cavalier au petit trop. Prolonge le plaisir. Et toi, si grande, si belle, aux formes ravissantes, enjambe ici pardessus ma tête... À merveille ! tu me devines. Écarte bien les cuisses... encore ! que mon œil puisse bien te voir, ma bouche te dévorer, ma langue te pénétrer à loisir. Que fais-tu droite et debout ? Abaisse-toi donc, donne ta gorge à baiser !

– À moi ! à moi ! lui dit la brune, en lui montrant sa langue agile, aiguë comme un stylet de Venise. Viens ! que je mange tes yeux, la bouche ! Je t'aime de la sorte. Oh ! lubrique... mets ta main là... va ! doucement ! doucement !...

Et voilà que chacun se meut, s'agite, s'excite au plaisir.

Je dévore des yeux cette scène animée, ces mouvements lascifs, ces poses insensées. Les cris, les soupirs se croisent, se confondent bientôt ; le feu circule dans mes veines. Je frissonne tout entier. Mes deux mains battent une gorge brûlante ou se portent, frénétiques, crispées, sur des charmes plus secrets encore. Ma bouche les remplace. Je suce avidement, je ronge, je mords ! On me crie d'arrêter, que je tue, et je redouble encore !

Cet excès m'acheva. Ma tête retomba lourdement. Je n'avais plus de force. – Assez ! assez ! criai-je. Oh ! mes pieds ! quel chatouillement voluptueux ! Tu me fais mal... tu me crispes, mes pieds se tendent, se tordent !... Oh !

Je sentais le délire approcher une troisième fois. Je poussais avec fureur. Mes trois belles perdirent à la fois l'équilibre et leurs sens. Je les reçus dans mes bras, pâmées, expirantes, et je me sentis inondé.

Joies du ciel ou de l'enfer ! c'étaient des torrents de feu qui ne finissaient pas.

GAMIANI.
Quels plaisirs vous avez goûtés, Alcide. Oh ! je les envie ! – Et toi, Fanny ?... L'insensible, elle dort, je crois !

FANNY.
Laissez-moi, Gamiani ; ôtez votre main, elle me pèse. Je suis accablée... morte... Quelle nuit ! mon Dieu !... Dormons... je...

La pauvre enfant bâillait, se détournait, se dérobait toute petite dans un coin du lit.

Je voulus la ramener.

– Non, non, me dit la comtesse ; je comprends ce qu'elle éprouve. Pour moi, je suis d'une humeur bien autre que la sienne. Je sens une irritation... je suis tourmentée, je désire ! ah ! voyez-vous ! j'en veux jusqu'à rester morte... Vos deux corps qui me touchent, vos discours, nos fureurs, tout cela m'excite, me transporte. J'ai l'enfer dans l'esprit, j'ai le feu dans le corps. Je ne sais qu'inventer... Oh ! rage !

ALCIDE.
Que faites-vous, Gamiani ? Vous vous levez ?

GAMIANI.
Je n'y tiens plus, je brûle... je voudrais... Mais fatiguez-moi donc ! Qu'on me presse, qu'on me batte... Oh ! ne pas jouir !...

Les dents de la comtesse claquaient avec force ; ses yeux roulaient, effrayants, dans leur orbite ; tout en elle s'agitait, se tordait... C'était horrible à voir.

Fanny se releva, saisie, épouvantée. Pour moi, je m'attendais à une attaque de nerfs.

En vain je couvrais de baisers les parties les plus tendres. Mes mains étaient lasses de torturer cette furie indomptable. Les canaux spermatiques étaient fermés ou épuisés. J'amenais du sang, et le délire n'arrivait pas.

GAMIANI.
Je vous laisse… Dormez !

À ces mots, Gamiani s'élance hors du lit, ouvre une porte et disparaît…

ALCIDE.
Que veut-elle ? Comprenez-vous, Fanny ?

FANNY.
Chut, Alcide, écoutez… quels cris !… elle se tue !… Dieu ! la porte est fermée !… Ah ! elle est dans la chambre de Julie. Attendez ; il y a là une ouverture vitrée, nous pourrons tout voir. Approchez le canapé ; voici deux chaises, montez.

Quel spectacle ! À la lueur d'une veilleuse pâle, vacillante, la comtesse, les yeux horriblement tournés de côté, une salive écumeuse sur les lèvres, du sang, du sperme le long des cuisses, se roulait en rugissant sur un large tapis de peaux de chat ; ses reins frottaient le poil avec une agilité sans pareille. Par moments, elle agitait ses jambes en l'air, se soulevait presque droite sur sa tête, exposant tout son dos à notre vue, pour retomber ensuite, avec un rire affreux.

GAMIANI.
Julie, à moi ! viens, ma tête tourne… Ah ! damnée folle, je vais te mordre !

Et Julie, nue aussi, mais forte, puissante, s'emparant des mains de la comtesse, les liait ensemble, ainsi que les pieds.

L'excès fut alors à son comble ; la convulsion m'épouvantait.

Julie, sans marquer le moindre
étonnement, dansait, sautait comme une folle, s'excitait au plaisir, se renversait pâmée sur un fauteuil.

La comtesse suivait de l'œil tous ses mouvements. Son impuissance à tenter les mêmes fureurs, à goûter la même ivresse, redoublait sa rage : c'était bien un Prométhée femelle déchiré par cent vautours à la fois.

GAMIANI.
Médor ! Médor ! prends-moi ! prends !

À ce cri un chien énorme sort d'une cache, s'élance sur la comtesse et se met en train de lécher ardemment un clitoris dont la pointe sortait rouge et enflammée.

La comtesse criait à haute voix : Hai ! hai ! hai ! forçant toujours le ton à proportion de la vivacité du plaisir. On aurait pu calculer les gradations du chatouillement que ressentait cette effrénée Calymanthe.

GAMIANI.
Du lait ! du lait ! oh ! du lait !

Je ne pouvais comprendre cette exclamation, véritable cri de détresse et d'angoisse, lorsque Julie reparut armée d'un énorme godemiché rempli d'un lait chaud qu'un ressort faisait à volonté jaillir à dix pas. Au moyen de deux courroies, elle adapta à la place voulue l'ingénieux instrument. Le plus généreux étalon, dans toute sa puissance, ne se fût pas montré, en grosseur du moins, avec plus d'avantage. Je ne pouvais croire qu'il y aurait introduction, lorsqu'à ma grande surprise, cinq ou six attaques forcenées, au milieu de cris aigus et délirants, suffirent pour dérober et engloutir cette énorme machine : on eût dit la Cassandre de Casani.

Le va-et-vient s'opérait avec une habileté consommée, lorsque Médor, dépossédé et toujours docile à sa leçon, se jette sur la mâle Julie, dont les cuisses, entr'ouvertes et en mouvement, laissaient à découvert le plus délicieux régal. Médor fit tant et si bien, que Julie s'arrêta subitement et se pâma, abîmée de plaisir.

Cette jouissance doit être bien forte, car rien n'est pareil à son expression chez une femme.

Irritée d'un retard qui prolongeait sa douleur et différait son plaisir, la malheureuse comtesse jurait, maugréait comme une perdue.

Revenue à elle, Julie recommença bientôt et avec plus de force. À une secousse fougueuse de la comtesse, à ses yeux fermés, à sa bouche béante, elle comprend que l'instant approche : son doigt lâche le ressort.

GAMIANI.
Ah ! ah !... arrête... je fonds !... hai ! hai ! je jouis !... oh !...

Infernale lubricité !... je n'avais plus la force de m'ôter de ma place. Ma raison était perdue, mes regards fascinés.

Ces transports furibonds, ces voluptés brutales me donnaient le vertige. Il n'y avait plus en moi qu'un sang brûlant, désordonné, que luxure et débauche. J'étais bestialement furieux d'amour. La figure de Fanny était aussi singulièrement changée. Son regard était fixe, ses bras raidis et nerveusement allongés sur moi. Ses lèvres mi-entr'ouvertes et ses dents serrées indiquaient toute l'attente d'une sensualité délirante, qui touche au paroxysme de la rage du plaisir, qui demande l'excès.

À peine arrivés près du lit, nous nous jetâmes bondissants l'un sur l'autre, comme deux bêtes acharnées. Partout nos corps se touchaient, se frottaient, s'électrisaient rapidement. Ce fut, au milieu d'étreintes convulsives, de cris forcenés, de morsures frénétiques, un accouplement hideux, accouplement de chair et d'os, jouissance de brute, rapide, dévorante, mais qui ne venait que du sang.

Le sommeil arrêta enfin toutes ces fureurs.

Après cinq heures d'un calme bienfaisant, je me réveillai le premier.

Le soleil brillait déjà de tous ses feux. Ses rayons perçaient joyeusement les rideaux et se jouaient en reflets dorés sur les riches tapis, les étoffes soyeuses.

Ce réveil enchanteur, coloré, poétique, après une nuit immonde, me rendait à moi-même. Il me semblait seulement que j'échappais à un cauchemar affreux, et j'avais près de moi, dans mes bras, sous ma main, un sein doucement agité, sein de lys et de roses, si jeune, si frêle et si pur, qu'à l'effleurer seulement du bout des lèvres on eût pu craindre de le flétrir. Oh ! la délicieuse créature ! Fanny dans les bras du sommeil, demi-nue sur un lit à l'orientale, réalisait tout l'idéal des plus beaux rêves ! Sa tête reposait gracieusement penchée sur son bras arrondi ; son profil se dessinait suave et pur comme un dessin de Raphaël ; son corps, dans chacune de ses parties comme dans son ensemble, était d'une beauté prestigieuse.

C'était une volupté bien grande de savourer à loisir la vue de tant de charmes, et c'était pitié aussi de songer que, vierge depuis quinze printemps, une seule nuit avait suffi pour les flétrir.

Fraîcheur, grâce, jeunesse, la main de l'orgie avait tout sali, tout souillé, tout plongé dans l'ordure et la fange.

Cette âme si naïve et si tendre, cette âme, jusque-là si doucement bercée par la main des anges, livrée désormais aux démons impurs ; plus d'illusions, plus de rêves, point de premier amour, point de douces surprises ; toute une vie poétique de jeune fille à jamais perdue !

Elle s'éveilla, la pauvre enfant, presque riante. Elle croyait retrouver son matin accoutumé, ses doux pensers, son innocence ; hélas ! elle me vit. Ce n'était plus son lit, ce n'était plus sa chambre. Oh ! sa douleur faisait mal. Les pleurs l'étouffaient. Je la contemplais, ému, honteux de moi-même. Je la tenais serrée dans mes bras. Chacune de ses larmes, je la buvais avec ivresse !

Les sens ne parlaient plus ; mon âme seule s'épanchait tout entière, mon amour se peignait vif, brûlant, dans mon langage et dans mes yeux.

Fanny m'écoutait muette, étonnée, ravie : elle respirait mon souffle, mon regard, me pressait par moments et semblait me dire : – Oh ! oui, encore à toi ! toute à toi ! Comme elle avait livré son corps, crédule, innocente, elle livrait aussi son âme, confiante, enivrée. Je crus, dans un baiser, la prendre sur ses lèvres : je lui donnai toute la mienne. Ce fut le ciel, et ce fut tout !

Nous nous levâmes enfin. Je voulus voir encore la comtesse. Elle était ignoblement renversée, la figure défaite, le corps sale, taché, comme une femme ivre jetée nue près d'une borne. Elle semblait cuver sa luxure.

– Oh ! sortons ! m'écriai-je, sortons, Fanny ! quittons cet ignoble séjour !

## DEUXIÈME PARTIE

Je pensais que Fanny, jeune encore, innocente de cœur, ne conserverait de Gamiani qu'un souvenir d'horreur et de dégoût. Je l'accablais de tendresse et d'amour, je lui prodiguais les plus douces et les plus enivrantes caresses ; parfois, je l'abîmais de plaisir, dans l'espoir qu'elle ne concevrait plus désormais d'autre passion que celle avouée par la nature, qui confond les deux sexes dans la joie des sens et de l'âme. Hélas ! je me trompais ; l'imagination était frappée : elle dépassait tous nos plaisirs. Rien n'égalait aux yeux de Fanny les transports de son amie. Nos plus forts accès lui semblaient de froides caresses, comparés aux fureurs qu'elle avait connues dans cette nuit funeste.

Elle m'avait juré de ne plus revoir Gamiani, mais son serment n'éteignait pas le désir qu'elle nourrissait en secret. Vainement elle luttait : ce combat intérieur ne servait qu'à l'irriter davantage. Je compris bientôt qu'elle ne résisterait pas. J'avais perdu sa confiance : il fallut me cacher pour l'observer.

À l'aide d'une ouverture habilement pratiquée, je pouvais la contempler chaque soir à son coucher. La malheureuse ! je la
vis souvent pleurer sur son divan, se tordre, se rouler désespérée, et, tout à coup, déchirer, jeter ses vêtements, se mettre toute nue devant une glace, l'œil égaré, comme une folle. Elle se touchait, se frappait, s'excitait au plaisir avec une frénésie insensée et brutale. Je ne pouvais plus la guérir, mais je voulus voir jusqu'où se porterait ce délire des sens.

Un soir, j'étais à mon poste, Fanny allait se coucher, lorsque je l'entendis s'écrier :

– Qui est là ? Est-ce vous, Angélique ?... Gamiani !... Oh ! madame, j'étais loin...

GAMIANI.

Sans doute ; vous me fuyez, vous me repoussez : j'ai dû recourir à la ruse. J'ai trompé, éloigné vos gens, et me voici !

FANNY.

Je ne puis vous comprendre, encore moins qualifier votre obstination ; mais si j'ai tenu secret ce que je sais de vous, mon refus formel de vous recevoir devait vous dire assez que votre présence m'est importune… odieuse… Je vous rejette, je vous abhorre… Laissez-moi, par grâce ! éloignez-vous, évitez un scandale…

GAMIANI.

Mes mesures et ma résolution sont prises, vous ne les changerez pas, Fanny ; oh ! ma patience est à bout !

FANNY.

Eh bien ! que prétendez-vous faire ? Me forcer encore, me violenter, me salir… oh ! non, madame, vous sortirez, ou j'appelle mes gens !

GAMIANI.

Enfant ! nous sommes seules ; les portes sont fermées, les clefs jetées par la fenêtre. Vous êtes à moi !… Mais, calmez-vous, soyez sans crainte.

FANNY.
Pour Dieu ! ne me touchez pas !

GAMIANI.

Fanny, toute résistance est vaine. Vous succomberez toujours. Je suis la plus forte, et la passion m'anime. Un homme ne me vaincrait pas ! Allons ! elle tremble… elle pâlit !… Mon Dieu ! Fanny ! ma Fanny !… Elle se trouve mal ! Oh ! qu'ai-je fait ?… Reviens à toi, reviens !… Si je te presse ainsi sur moi, c'est par amour. Je t'aime tant, toi, ma vie, toi, mon âme ! Tu ne peux donc pas me comprendre.

Va ! je ne suis pas méchante, ma petite, ma chérie !... Non, je suis bonne, bien bonne, puisque j'aime ! Vois dans mes yeux, sens comme mon cœur bat. C'est pour toi, pour toi seule ! Je ne veux que ta joie, ton ivresse en mes bras. Reviens à toi, reviens sous mes baisers ! Oh ! folie ! je l'idolâtre, cette enfant !...

FANNY.
Vous me tuerez ! Mon Dieu ! laissez-moi, laissez-moi donc enfin ; vous êtes horrible !

GAMIANI.
Horrible ! horrible ! qu'ai-je en moi qui puisse inspirer tant d'horreur ? Ne suis-je pas jeune encore ? ne suis-je pas belle aussi ? On me le dit partout. Et mon cœur ! en est-il un plus capable d'aimer ? Le feu qui me consume, qui me dévore, ce feu brûlant de l'Italie qui redouble mes sens et me fait triompher alors que tous les autres cèdent, est-ce donc chose horrible ? Dis... un homme, un amant, qu'est-ce, près de moi ? Deux ou trois luttes l'abattent, le renversent ; à la quatrième il râle impuissant, ses reins plient dans le spasme du plaisir. C'est pitié ! Moi, je reste encore forte, frémissante, inassouvie ! Oh ! oui, je personnifie les joies ardentes de la matière, les joies brûlantes de la chair ! Luxurieuse, implacable, je donne un plaisir sans fin, je suis l'amour qui tue !

FANNY.
Assez ! Gamiani, assez !

GAMIANI.
Non ! non ! écoute encore, écoute, Fanny. Être nues, se sentir jeunes et belles, suaves, embaumées, brûler d'amour, et trembler de plaisir ; se toucher, se mêler, s'exhaler corps et âme en un soupir, un seul cri, un cri d'amour ! Fanny ! Fanny ! c'est le ciel !

FANNY.

Quels discours ! quels regards !… et je vous écoute, je vous regarde… Oh ! grâce pour moi. Je suis si faible. Vous me fascinez… Quelle puissance as-tu donc ?… Tu te mêles à ma chair, tu te mêles à mes os, tu es un poison !… Oh ! oui, tu es horrible et… je t'aime !…

GAMIANI.

Je t'aime ! je t'aime ! Dis encore, dis encore, mais c'est un mot qui brûle !

Gamiani était pâle, immobile, les yeux ouverts, les mains jointes, à genoux devant Fanny. On eût dit que le ciel l'avait soudainement frappée pour la changer en marbre. Elle était sublime d'anéantissement et d'extase.

FANNY.

Oui ! oui ! je t'aime de toutes les forces de mon corps ! Je te veux, je te désire ! Oh ! j'en perdrai la tête !

GAMIANI.

Que dis-tu, bien-aimée ? que dis-tu ?… Je suis heureuse !… Tes cheveux sont beaux ; qu'ils sont doux ! Ils glissent dans mes doigts, fins, dorés comme la soie. Ton front est bien pur, plus blanc qu'un lys. Tes yeux sont beaux, ta bouche est belle. Tu es blanche, satinée, parfumée, céleste de la tête aux pieds ! Tu es un ange, tu es la volupté ! Oh ! ces roses ! ces lacets ! Sois donc nue !… vite à moi !… je suis nue déjà, moi !… Tiens ! eh bien ! Éblouissante !… Reste debout, que je t'admire. Si je pouvais te peindre, te rendre d'un seul trait !… Attends, que je baise tes pieds, tes genoux ; ton sein, ta bouche ! Embrasse-moi ! serre-moi ! Plus fort ! plus fort ! quelle joie ! quelle joie ! Elle m'aime !…

Les deux corps n'en faisaient qu'un. Seulement, les têtes se tenaient séparées et se regardaient avec une expression ravissante. Les yeux étaient de feu, les joues d'un rouge ardent. Les bouches frémissaient, riaient, ou se mêlaient avec transport. J'entendis un soupir s'exhaler, un autre lui répondre ; après, ce fut un cri, un cri étouffé, et les deux femmes restèrent immobiles.

FANNY.
J'ai été heureuse, bien heureuse !

GAMIANI.
Moi aussi, ma Fanny, et d'un bonheur qui m'était inconnu. C'était l'âme et les sens réunis sur tes lèvres… Viens sur ton lit, viens goûter une nuit d'ivresse !

À ces mots, elles s'entraînent mutuellement vers l'alcôve. Fanny s'élance sur le lit, s'étend, se couche voluptueusement. Gamiani, à genoux sur un tapis, l'attire sur son sein, l'entoure de ses bras.

Silencieuse, elle la contemple avec langueur… Bientôt les agaceries recommencent. Les baisers se répondent, les mains volent, habiles au toucher. Les yeux de Fanny expriment le désir et l'attente ; ceux de Gamiani, le désordre des sens. Colorées, animées par le feu du plaisir, toutes deux semblaient étinceler à mes yeux ; ces furies délirantes, à force de rage et de passion, poétisaient en quelque sorte l'excès de leur débauche : elles parlaient à la fois aux sens et à l'imagination.

J'avais beau me raisonner, condamner en moi ces absurdes folies, je fus bientôt ému, échauffé, possédé de désirs. Dans l'impossibilité où j'étais d'aller me mêler à ces deux femmes nues, je ressemblais à la bête fauve que tourmente le rut et qui des yeux dévore sa femelle à travers les barreaux de sa cage. Je restais stupidement immobile, la tête clouée près de l'ouverture d'où j'aspirais, pour ainsi dire, ma torture, vraie torture de damné, terrible, insupportable, qui frappe d'abord la tête, se mêle ensuite au sang, s'infiltre dans les os, jusques à la moelle, qu'elle brûle. Je souffrais trop à force de sentir. Il me semblait que mes nerfs, tendus, irrités, finissaient par se rompre. Mes mains, crispées, s'accrochaient au parquet. Je ne respirais plus, j'écumais. Ma tête se perdit. Je devins fou furieux, et, m'empoignant avec rage, je sentis toute ma force d'homme s'agiter furibonde entre mes doigts serrés, tressaillir un instant, puis fondre et s'échapper en saillies brûlantes comme une rosée de feu ! jouissance étrange qui vous brise, vous renverse à terre !

Revenu à moi, je me vis énervé. Mes paupières étaient lourdes ; ma tête se tenait à peine. Je voulus m'arracher de ma place ; un soupir de Fanny m'y retint. J'appartenais au démon de la chair. Tandis que mes mains se lassaient à ranimer ma puissance éteinte, je m'abîmais les yeux à contempler la scène qui me jetait dans un si horrible désordre.

Les poses étaient changées. Mes tribades se tenaient enfourchées l'une dans l'autre, cherchant à mêler leurs duvets touffus, à frotter leurs parties ensemble. Elles s'attaquaient, se refoulaient avec un acharnement et une vigueur que l'approche du plaisir peut seule donner à des femmes. On eût dit qu'elles voulaient se fendre, se briser, tant leurs efforts étaient violents, tant leur respiration haletait bruyante. – Hai ! hai ! s'écriait Fanny, je n'en puis plus, cela me tue ! Va seule, va !… – Encore ! répondait Gamiani, je touche au bonheur ! Pousse ! tiens donc ! tiens !… Je m'écorche ! je crois. Ah ! je sens, je coule !… Ah ! ah ! ah !… – La tête de Fanny retombait sans force. Gamiani roulait la sienne, mordait les draps, mâchait ses cheveux flottants sur elle. Je suivais leurs élans, leurs soupirs ; j'arrivai comme elle au comble de la volupté !

FANNY.
Quelle fatigue ! Je suis rompue, mais quel plaisir j'ai goûté !…

GAMIANI.
Plus l'effort dure, plus il est pénible, plus aussi la jouissance est vive et prolongée !

FANNY.

Je l'ai éprouvé. J'ai été plus de cinq minutes plongée dans une sorte de vertige enivrant. L'irritation se portait dans tous mes membres. Ce frottement de poils contre une peau si tendre me causait une démangeaison dévorante. Je me roulais dans le feu, dans la joie des sens ! Ô folie ! ô bonheur ! jouir !… oh ! je comprends ce mot !

Une chose m'étonne, Gamiani. Comment, si jeune encore, as-tu cette expérience des sens ? Je n'aurais jamais supposé toutes nos extravagances. D'où te vient ta science ? D'où vient ta passion qui me confond, qui parfois m'épouvante ? La nature ne nous fait pas de la sorte.

GAMIANI.

Tu veux donc me connaître ? Eh bien ! enlace-moi dans tes bras, croisons nos jambes, pressons-nous ! Je vais te raconter ma vie au couvent. C'est une histoire qui pourra nous monter la tête, nous donner de nouveaux désirs.

FANNY.
Je t'écoute, Gamiani.

GAMIANI.

Tu n'as pas oublié le supplice atroce que me fit subir ma tante, pour servir sa lubricité. Je n'eus pas plutôt compris l'horreur de sa conduite, que je m'emparai de quelques papiers qui garantissaient ma fortune. Je pris aussi des bijoux, de l'argent, et, profitant d'une absence de ma digne parente, j'allai me réfugier dans le couvent des sœurs de la Rédemption. La supérieure, touchée sans doute de mon jeune âge et de mon apparente timidité, me fit l'accueil le plus propre à dissiper mes craintes et mon embarras.

Je lui racontai ce qui m'était arrivé, je lui demandai un asile et sa protection. Elle me prit dans ses bras, me serra affectueusement et m'appela sa fille. Après, elle m'entretint de la vie tranquille et douce du couvent ;

elle réchauffa encore ma haine pour les hommes et termina par une exhortation pieuse qui me parut le langage d'une âme divine. Pour rendre moins sensible mon passage subit de la vie du monde à la vie du cloître, il fut convenu que je resterais près de la supérieure et que je coucherais chaque soir dans son alcôve. Dès la seconde nuit, nous en étions à causer familièrement du monde. La supérieure se retournait, s'agitait sans cesse dans son lit. Elle se plaignait du froid et me pria de coucher avec elle pour la réchauffer. Je la trouvai absolument nue. On dort mieux, disait-elle, sans chemise. Elle m'engagea à ôter la mienne ; ce que je fis pour lui être agréable. – Oh ! ma petite, s'écria-t-elle en me touchant, tu es brûlante ! Comme ta peau est douce ! Les barbares ! oser te martyriser de la sorte ! Tu as dû bien souffrir ! Raconte-moi donc ce qu'ils t'ont fait. Ils t'ont battue ? dis. Je lui répétai mon histoire dans tous ses détails, appuyant sur ceux qui paraissaient l'intéresser davantage. Le plaisir qu'elle prenait à m'entendre parler était si vif qu'elle en éprouvait des tressaillements extraordinaires. – Pauvre enfant ! pauvre enfant ! répétait-elle, en me serrant de toutes ses forces.

Insensiblement je me trouvai étendue sur elle. Ses jambes étaient croisées sur mes reins, ses bras m'entouraient. Une chaleur tiède et pénétrante se répandait par tout mon corps ; j'éprouvais un bien-être inconnu, délicieux, qui communiquait à mes os, à ma chair, je ne sais quelle sueur d'amour qui faisait couler en moi comme une douceur de lait. – Vous êtes bonne, bien bonne, dis-je à la supérieure. Je vous aime, je suis heureuse près de vous. Je ne voudrais jamais vous quitter ! Ma bouche se collait sur ses lèvres, et je reprenais avec ardeur : – Ah ! oui, je vous aime à en mourir !… Je ne sais… mais je sens…

La main de la supérieure me flattait avec lenteur. Son corps s'agitait doucement sous le mien. Sa toison, dure et touffue, se mêlait à la mienne, me piquait au vif et me causait un chatouillement diabolique. J'étais hors de moi, dans un frémissement si grand que tout mon corps tremblait. À un baiser violent que me donna la supérieure, je m'arrêtai subitement. – Mon

Dieu ! m'écriai-je, laissez-moi !... Ah !... jamais rosée plus abondante, plus délicieuse ne suivit un combat d'amour.

L'extase passée, loin d'être abattue, je me précipite de plus belle sur mon habile compagne ; je la mange de caresses. Je prends sa main, je la porte à cette même place qu'elle vient d'irriter si fort. La supérieure me voyant de la sorte, s'oublie elle-même, s'emporte comme une bacchante. Toutes deux nous disputons d'ardeur, de baisers, de morsures !... Quelle agilité, quelle souplesse cette femme avait dans les membres ! Son corps se pliait, s'étendait, se roulait à m'étourdir. Je n'y étais plus. J'avais à peine le temps de rendre un seul baiser à tous ceux qui me pleuvaient de la tête aux pieds. Il me semblait que j'étais mangée, dévorée en mille endroits ! Cette incroyable activité d'attouchement lubrique me mit dans un état qu'il est impossible de décrire. Ô Fanny ! que n'étais-tu témoin de nos assauts, de nos élans ! Si tu nous avais vues toutes deux furibondes, haletantes, tu aurais compris tout ce que peut l'empire des sens sur deux femmes amoureuses. Un instant ma tête se trouva prise entre les cuisses de ma lutteuse. Je crus deviner ses désirs. Inspirée par la lubricité, je me mis à la ronger dans ses parties les plus tendres. Mais je répondais mal à ses vœux. Elle me ramène bien vite sur elle, glisse, s'échappe sous mon corps et, m'entr'ouvrant subtilement les cuisses, elle m'attaque aussitôt avec la bouche. Sa langue agile et pointue me pique, me sonde comme un stylet qu'on pousse et retire rapidement. Ses dents me prennent et semblent vouloir me déchirer... J'en vins à m'agiter comme une perdue. Je repoussais la tête de la supérieure, je la tirais par les cheveux. Alors elle lâchait prise : elle me touchait doucement, m'injectait sa salive, me léchait avec lenteur, ou me mordillait le poil et la chair avec une raffinerie si délicate, si sensuelle à la fois, que ce seul souvenir me fait suinter de plaisir. Oh ! quelles délices m'enivraient ! quelle rage me possédait ! Je hurlais sans mesure ; je m'abattais abîmée, ou m'élevais égarée, et toujours la pointe rapide, aiguë, m'atteignait, me perçait avec raideur ! Deux lèvres minces et fermes prenaient mon clitoris, le pinçaient, le pressaient à me détacher l'âme ! Non, Fanny, il est impossible de sentir, de jouir de la sorte plus d'une fois en sa vie ! Quelle tension dans mes nerfs ! quel battement dans mes artères ! quelle ardeur dans la chair et le sang ! Je brûlais, je fondais et je sentais une bouche avide, insatiable, aspirer jusqu'à l'essence de ma vie. Je te l'assure, je fus desséchée, et j'aurais dû être inondée de sang et de liqueur ! Mais que je fus heureuse ! Fanny ! Fanny ! je n'y tiens plus ! Quand je parle de cet excès, je crois éprouver encore ces mêmes titillations dévorantes ! Achève-moi !... Plus vite ! plus fort !... bien ! ah ! bien ! las ! je meurs !...

Fanny était pire qu'une louve affamée.

– Assez ! assez ! répétait Gamiani. Tu m'épuises, démon de fille ! Je te supposais moins habile, moins passionnée. Je le vois, tu te développes. Le feu te pénètre.

FANNY.
Cela se peut-il autrement ? Il faudrait être dépourvue de sang et de vie pour rester insensible avec toi ! – Que fis-tu ensuite ?

GAMIANI.
Plus savante alors, je rendis avec usure, j'abîmai mon ardente compagne. Toute gêne fut désormais bannie entre nous, et j'appris bientôt que les sœurs de la Rédemption s'adonnaient entre elles aux fureurs des sens, qu'elles avaient un lieu secret de réunion et d'orgie pour s'ébattre à leur aise. Ce sabbat infâme s'ouvrait à complies et se terminait à matines.

La supérieure me déroula ensuite sa philosophie. J'en fus épouvantée, au point de voir en elle un Satan incarné. Cependant, elle me rassura par quelques plaisanteries, et me divertit surtout en me racontant la perte de son pucelage. Tu ne devinerais jamais à qui fut donné ce précieux trésor. L'histoire est singulière et vaut la peine d'être répétée.

La supérieure, que j'appellerai maintenant Sainte, était fille d'un capitaine de vaisseau. Sa mère, femme d'esprit et de raison, l'avait élevée dans tous les principes de la saine religion, ce qui n'empêcha pas que le tempérament de la jeune Sainte ne se développât de très-bonne heure. Dès l'âge de douze ans, elle ressentait des désirs insupportables, qu'elle cherchait à satisfaire par tout ce qu'une imagination ignorante peut inventer de plus bizarre. La malheureuse se travaillait chaque nuit : ses doigts insuffisants gaspillaient en pure perte sa jeunesse et sa santé. Un jour, elle aperçut deux chiens qui s'accouplaient. Sa curiosité lubrique observa si bien le mécanisme et l'action de chaque sexe, qu'elle comprit mieux désormais ce qui lui manquait. Sa science acheva son supplice. Vivant dans une maison solitaire, entourée de vieilles servantes, sans jamais voir un homme, pouvait-elle espérer de rencontrer cette flèche animée, si rouge, si rapide, qui l'avait si fort émerveillée et qu'elle supposait devoir exister pareillement pour la femme ? À force de se tourmenter l'esprit, ma nymphomane se remémora que le singe est, de tous les animaux, celui qui ressemble le plus à l'homme. Son père avait précisément un superbe orang-outang. Elle courut le voir, l'étudier, et comme elle restait longtemps à l'examiner, l'animal, échauffé sans doute par la présence

d'une jeune fille, se développa tout à coup de la façon la plus brillante. Sainte se mit à bondir de joie. Elle trouvait enfin ce qu'elle cherchait tous les jours, ce qu'elle rêvait chaque nuit. Son idéal lui apparaissait réel et palpable. Pour comble d'enchantement, l'indicible joyau s'élançait plus ferme, plus ardent, plus menaçant qu'elle ne l'eût jamais ambitionné. Ses yeux le dévoraient. Le singe s'approcha, se pendit aux barreaux et s'agita si bien que la pauvre Sainte en perdit la tête. Poussée par sa folie, elle force un des barreaux de la cage et pratique un espace facile que la lubrique bête met de suite à profit. Huit pouces francs, bien prononcés, saillaient à ravir. Tant de richesse épouvanta d'abord notre pucelle. Toutefois, le diable la pressant, elle osa voir de plus près ; sa main toucha, caressa. Le singe tressaillit à tout rompre ; sa grimace était horrible. Sainte, effrayée, crut voir Satan devant elle. La peur la retint. Elle allait se retirer, lorsqu'un dernier regard jeté sur la flamboyante amorce réveille tous ses désirs. Elle s'enhardit aussitôt, relève ses jupes d'un air décidé et marche bravement à reculons, le dos penché vers la pointe redoutable. La lutte s'engage, les coups se portent, la bête devient l'égale de l'homme. Sainte est embestialisée, dévirginée, ensinginée ! Sa joie, ses transports éclatent en une gamme de oh ! et de ah ! mais sur un ton si élevé que la mère entend, accourt, et vous surprend sa fille bien nettement enchevillée, se tortillant, se débattant et déjectant son âme !

FANNY.
La farce est impayable !

GAMIANI.
Pour guérir la pauvre fille de sa manie singesque, on la plaça dans le couvent.

FANNY.
Mieux eût valu l'abandonner à tous les singes !

GAMIANI.
Tu vas mieux juger combien tu as raison. Mon tempérament s'accommodant volontiers d'une vie de fêtes et de plaisirs, je consentis avec joie à être initiée aux mystères des saturnales monastiques. Mon admission ayant été adoptée au chapitre, je fus présentée deux jours après. J'arrivai nue, selon la règle. Je fis le serment exigé, et, pour achever la cérémonie, je me prostituai courageusement à un énorme priape de bois destiné à cet effet. J'achevais à peine une douloureuse libation, que la bande des sœurs se rua sur moi, plus pressée qu'une troupe de cannibales. Je me prêtai à tous les caprices ; je pris les poses les plus lubriquement énergiques ; enfin, je terminai par une danse obscène et je fus proclamée victorieuse. J'étais exténuée. Une petite nonne bien vive, bien éveillée, plus raffinée que la supérieure, m'entraîna dans son lit. C'était bien la plus damnée tribade que l'enfer eût pu créer. Je conçus pour elle une vraie passion de chair, et nous fûmes presque toujours ensemble pendant les grandes orgies nocturnes.

FANNY.
Dans quel lieu se tenaient vos lupercales ?

GAMIANI.
Dans une vaste salle que l'art et l'esprit de débauche s'étaient plu à embellir. On y arrivait par deux grandes portes fermées à la façon des Orientaux, avec de riches draperies, bordées de franges d'or, ornées de mille dessins bizarres. Les murs étaient tendus en velours bleu foncé qu'encadrait une large plaque en bois de citronnier habilement ciselée. À distance égale, de grandes glaces partaient du plafond et touchaient au parquet. Dans les scènes d'orgie, les groupes nus des nonnes en délire se reflétaient sous mille formes, ou bien se détachaient vifs et brillants sur les lambris tapissés. Les coussins des divans tenaient lieu de siéges et servaient mieux encore les ébats de la volupté, les poses de la lubricité. Un double tapis, d'un tissu délicat, délicieux au toucher, recouvrait le parquet. On y voyait représentés, avec une magie surprenante de couleurs, vingt groupes amoureux, dans des attitudes lascives bien propres à rallumer les désirs éteints. Au plafond, la peinture offrait à l'œil les images les plus expressives de la folie et de la débauche. Je me rappellerai toujours une thyade fougueuse que tourmentait un corybante. Je n'ai jamais regardé ce tableau sans être provoquée aussitôt au plaisir.

FANNY.
Ce devait être délicieux à voir !

GAMIANI.
Ajoute encore à ce luxe de décorations l'enivrement des parfums et des fleurs ; une chaleur égale, tempérée, puis une lumière tendre, mystérieuse, qui s'échappait de six lampes d'albâtre, plus douce qu'un reflet d'opale. Tout faisait naître en vous je ne sais quel vague enchantement même de désir inquiet, de rêverie sensuelle. C'était l'Orient, son luxe, sa poésie, sa nonchalante volupté. C'était le mystère du harem, ses secrètes délices et, par-dessus tout, son ineffable langueur.

FANNY.
Qu'il eût été doux de passer là des nuits d'ivresse près d'un objet aimé !

GAMIANI.
Sans doute, l'amour en eût fait volontiers son temple, si la bruyante et sale orgie ne l'avait transformée chaque soir en repaire immonde.

FANNY.
Comment cela ?

GAMIANI.
Dès que minuit sonnait, les nonnes entraient vêtues d'une simple tunique noire, pour faire ressortir la blancheur des chairs. Toutes avaient les pieds nus, les cheveux flottants. Un service splendide paraissait bientôt comme par enchantement. La supérieure donnait le signal et l'on y répondait à l'envi. Les unes se tenaient assises, les autres couchées sur les coussins. Les mets exquis, les vins chauds irritants étaient enlevés avec un appétit dévorant. Ces figures de femmes usées par la débauche, froides, pâles aux rayons du jour, se coloraient, s'échauffaient peu à peu. Les vapeurs bachiques, les apprêts cantharidés portaient le feu dans le corps, le trouble dans la tête. La conversation s'animait, bruissait confuse et se terminait toujours par des propos obscènes, des provocations délirantes, lancées, rendues au milieu des chansons, des rires, des éclats, du choc des verres et des flacons. Celle des nonnes la plus pressée, la plus emportée, tombait tout à coup sur sa voisine et lui donnait un baiser violent qui électrisait la bande entière. Les couples se formaient, s'enlaçaient, se tordaient dans de fougueuses étreintes. On entendait le bruit des lèvres s'appliquant sur la chair ou s'entremêlant avec fureur. Puis partaient des soupirs étouffés, des paroles mourantes, des cris d'ardeur ou d'abattement. Bientôt les joues, les seins, les épaules ne suffisaient plus aux baisers sans frein. Les robes se relevaient ou se jetaient de côté. Alors, c'était un spectacle unique que tous ces corps de femmes, souples, gracieux, enchaînés nus l'un à l'autre, s'agitant, se pressant avec le raffinement, l'impétuosité d'une lubricité

consommée. Si l'excès du plaisir différait trop au gré de l'impatient désir, on se détachait un instant pour reprendre haleine. On se contemplait avec des yeux de feu, et on luttait à qui rendrait la pose la plus lascive, la plus entraînante. Celle des deux qui triomphait par ses gestes et sa débauche, voyait tout à coup sa rivale éperdue fondre sur elle, la culbuter, la couvrir de baisers, la manger de caresses, la dévorer jusqu'au centre le plus secret des plaisirs, se plaçant toujours de manière à recevoir les mêmes attaques. Les deux têtes se dérobaient entre les cuisses, ce n'était plus qu'un seul corps, agité, tourmenté convulsivement, d'où s'échappait un râle sourd de volupté lubrique, suivi d'un double cri de joie.

– Elles jouissent ! elles jouissent ! répétaient aussitôt les nonnes damnées. Et les folles de se ruer égarées les unes sur les autres, plus furieuses que des bêtes qu'on lâche dans une arène.

Pressées de jouir à leur tour, elles tentaient les efforts les plus fougueux. À force de bonds et d'élans, les groupes se heurtaient entre eux et tombaient pêle-mêle à terre, haletants, rendus, lassés d'orgie et de luxure ; confusion grotesque de femmes nues, pâmées, expirantes, entassées dans le plus ignoble désordre et que venaient souvent éclairer les premiers feux du jour.

FANNY.
Quelles folies !

GAMIANI.
Elles ne se bornaient point là : elles variaient à l'infini. Privées d'hommes, nous n'en étions que plus ingénieuses à inventer des extravagances. Toutes les priapées, toutes les histoires obscènes de l'antiquité et des temps modernes nous étaient connues. Nous les avions dépassées. Éléphantis et l'Arétin avaient moins d'imagination que nous. Il serait trop long de dire nos artifices, nos ruses, nos philtres merveilleux pour ranimer nos forces, éveiller nos désirs et les satisfaire. Tu pourras en juger par le

traitement singulier qu'on faisait subir à l'une de nous pour aiguillonner sa chair. On la plongeait d'abord dans un bain de sang chaud pour rappeler sa vigueur. Après, elle prenait une potion cantharidée, se couchait sur un lit, et se faisait frictionner par tout le corps. À l'aide du magnétisme, on tâchait de l'endormir. Sitôt que le sommeil l'avait gagnée, on l'exposait d'une manière avantageuse, on la fouettait jusqu'au sang, on la piquait de même. La patiente s'éveillait au milieu de son supplice. Elle se relevait égarée, nous regardait d'un air de folle et entrait aussitôt dans les plus violentes convulsions. Six personnes avaient peine à la comprimer. Il n'y avait que le léchement d'un chien qui pût la calmer. Sa fureur s'épanchait à flots. Mais si le soulagement n'arrivait pas, la malheureuse devenait plus terrible et demandait à grands cris un âne.

FANNY.
Un âne, miséricorde !

GAMIANI.
Oui, ma chère, un âne. Nous en avions deux bien dressés, bien dociles. Nous ne voulions le céder en rien aux dames romaines, qui s'en servaient dans leurs saturnales.

La première fois que je fus mise à l'épreuve, j'étais dans le délire du vin. Je me précipitai violemment sur la sellette, défiant toutes les nonnes. L'âne fut à l'instant dressé devant moi, à l'aide d'une courroie. Son braquemard terrible, échauffé par les mains des sœurs, battait lourdement sur mon flanc. Je le pris à deux mains, je le plaçai à l'orifice, et, après un chatouillement de quelques secondes, je cherchai à l'introduire. Mes mouvements aidant, ainsi que mes doigts et une pommade dilatante, je fus bientôt maîtresse de cinq pouces au moins. Je voulus pousser encore, mais je manquai de forces, je retombai. Il me semblait que ma peau se déchirait, que j'étais fendue, écartelée ! C'était une douleur sourde, étouffante, à laquelle se mêlait pourtant une irritation chaleureuse, titillante et sensuelle. La bête, remuant toujours, produisait un frottement si vigoureux que toute ma charpente vertébrale était ébranlée. Mes canaux spermatiques s'ouvrirent et débordèrent. Ma cyprine brûlante tressaillit un instant dans mes reins. Oh ! quelle jouissance ! Je la sentais courir en jets de flamme et tomber goutte à goutte au fond de ma matrice. Tout en moi ruisselait d'amour. Je poussai un long cri d'énervement et je fus soulagée... Dans mes élans lubriques, j'avais gagné deux pouces ; toutes les mesures étaient passées, mes compagnes étaient vaincues. Je touchais aux bourrelets sans lesquels on serait éventrée !

Épuisée, endolorie dans tous les membres, je croyais mes voluptés finies lorsque l'intraitable fléau se raidit de plus belle, me sonde, me travaille et me tient presque levée. Mes nerfs se gonflent, mes dents se serrent et grincent ; mes bras se tendent sur mes deux cuisses crispées. Tout à coup un jet violent s'échappe et m'inonde d'une pluie chaude et gluante, si forte, si abondante, qu'elle semble regorger dans mes veines et toucher jusqu'au cœur. Mes chairs, lâchées, détendues par ce baume exubérant, ne me laissent plus sentir que des félicités poignantes qui me piquent les os, la moelle, la cervelle et les nerfs, dissolvent mes jointures et me mettent en fusion brûlante... Torture délicieuse !... intolérable volupté qui défait les liens de la vie et vous fait mourir avec ivresse !...

FANNY.
Quels transports tu me causes, Gamiani ! Bientôt je n'y tiens plus... Enfin, comment es-tu sortie de ce couvent du diable ?

GAMIANI.
Voici : après une grande orgie, nous eûmes l'idée de nous transformer en hommes, à l'aide d'un godemiché attaché, de nous embrocher de la sorte à la suite les unes des autres, puis de courir comme des folles. Je formais le dernier anneau de la chaîne ; j'étais la seule par conséquent qui chevauchasse sans être chevauchée. Quelle fut ma surprise lorsque je me sentis vigoureusement assaillie par un homme nu qui s'était, je ne sais comment, introduit parmi nous. Au cri d'effroi qui m'échappa, toutes les nonnes se débandèrent et vinrent s'abattre incontinent sur le malheureux

intrus. Chacune voulait finir en réalité un plaisir commencé par un fatigant simulacre. L'animal trop fêté fut bientôt épuisé. Il fallait voir son état de torpeur et d'abattement ; son élytroïde flasque et pendant, toute sa virilité dans la plus négative démonstration. J'eus peine à ravitailler toutes ces misères quand mon tour fut venu de goûter aussi de l'élixir prolifique. J'y parvins néanmoins. Couchée sur le moribond, ma tête entre ses cuisses, je suçai si habilement messer Priape endormi qu'il s'éveilla rubicond, vivace à faire plaisir. Caressée moi-même par une langue agile, je sentis bientôt approcher un incroyable plaisir, que j'achevai en m'asseyant glorieusement et avec délices sur le sceptre que je venais de conquérir. Je donnai et je reçus un déluge de volupté.

Ce dernier excès acheva notre homme. Tout fut inutile pour le ranimer. Le croirais-tu ? Dès que les nonnes comprirent que ce malheureux n'était plus bon à rien, elles décidèrent, sans hésiter, qu'il fallait le tuer et l'ensevelir dans une cave, de peur que ses indiscrétions ne vinssent à compromettre le couvent. Je combattis vainement ce parti criminel ; en moins d'une seconde, une lampe fut détachée et la victime enlevée dans un nœud coulant. Je détournai la vue de cet horrible spectacle... Mais voilà, à la grande surprise de ces furies, que la pendaison produit son effet ordinaire. Émerveillée de la démonstration nerveuse, la supérieure monte sur un marchepied, et, aux applaudissements frénétiques de ses dignes complices, elle s'accouple dans l'air avec la mort, et s'encheville à un cadavre ! – Ce n'est pas la fin de l'histoire. Trop mince ou trop usée pour soutenir ce double poids, la corde cède et se rompt. Mort et vivante tombent à terre, et si rudement que la nonne en a les os rompus et que le pendu, dont la strangulation s'était mal opérée, revient à la vie et menace, dans sa tension nerveuse, d'étouffer la supérieure.

La foudre tombant sur une foule produit moins d'effet que cette scène sur les nonnes. Toutes s'enfuirent épouvantées, croyant que le diable était avec elles. La supérieure resta seule à se débattre avec l'intempestif ressuscité.

L'aventure devait entraîner des suites terribles. Pour les prévenir, je m'échappai le soir même de ce repaire de débauches et de crimes...

Je me réfugiai quelque temps à Florence, pays d'amour et de prestige. Un jeune Anglais, sir Edward, enthousiaste et rêveur comme un Oswald, conçut pour moi une passion violente. J'étais lasse de plaisirs immondes. Jusque-là mon corps seul s'était agité, avait vécu ; mon âme sommeillait encore. Elle s'éveilla doucement aux accents purs, enchanteurs, d'un amour noble et élevé. Dès lors, je compris une existence nouvelle ; j'éprouvai ces désirs vagues, ineffables, qui donnent le bonheur et poétisent la vie... Les corps combustibles ne brûlent pas d'eux-mêmes : qu'une étincelle approche, et tout part ! Ainsi prit feu mon cœur aux transports de celui qui m'aimait. À ce langage, nouveau pour moi, je sentis un frémissement délicieux. Je prêtai une oreille attentive ; mes avides regards ne laissaient rien échapper. La flamme humide qui sortait des yeux de mon amant pénétrait dans les miens jusqu'au fond de mon âme, et y portait le trouble, le délire et la joie. La voix d'Edward avait un accent qui m'agitait, le sentiment me semblait peint dans chacun de ses gestes ; tous ses traits, animés par la passion, me la faisaient ressentir. Ainsi la première image de l'amour me fit aimer l'objet qui me l'avait offerte. Extrême en tout, je fus aussi ardente à vivre du cœur que je l'avais été à vivre des sens. Edward avait une de ces âmes fortes qui entraînent les autres dans leur sphère. Je m'élevai à sa hauteur. Mon amour s'exalta : d'enthousiaste il devint sublime. La seule pensée du plaisir grossier me révoltait. Si l'on m'eût forcée, je serais morte de rage. Cette barrière volontaire irritant l'amour des deux côtés, il en devint plus ardent par la contrainte. Edward succomba le premier. Fatigué d'un platonisme dont il ne pouvait deviner la cause, il n'eut plus assez de force pour combattre les sens. Il me surprit un jour endormie et me posséda... Je m'éveillai au milieu des plus chaudes étreintes : éperdue, je mêlai mes transports aux transports que je causais ; je fus trois fois au ciel, Edward fut trois fois dieu ; mais, quand il fut tombé, je le pris en horreur : ce n'était plus pour moi qu'un homme de chair et d'os ; c'était un moine !... Je m'échappai subitement de ses bras avec un rire affreux. Le prisme était brisé ; un souffle impur avait éteint ce rayon d'amour, ce rayon des cieux qui ne brille qu'une fois en la vie ; mon âme n'existait plus. Les sens surgirent seuls, et je repris ma vie première…

FANNY.
Tu revins aux femmes ?

GAMIANI.
Non ! je voulus auparavant rompre avec les hommes. Pour n'avoir plus de désirs ou de regret, j'épuisai tout le plaisir qu'ils peuvent nous donner. Par le moyen d'une célèbre entremetteuse, je fus exploitée tour à tour par les plus habiles, les plus vigoureux hercules de Florence. Il m'arriva dans une matinée de fournir jusqu'à trente-deux courses et de désirer encore. Six athlètes furent vaincus et abîmés. Un soir, je fis mieux. J'étais avec trois de mes plus vaillants champions. Mes gestes et mes discours les mirent en si belle humeur, qu'il me vint une idée diabolique. Pour la mettre à profit, je priai le plus fort de se coucher à la renverse, et, tandis que je festoyais à loisir sur sa rude machine, je fus lestement gomorrhisée par le second ; ma bouche s'empara du troisième et lui causa un chatouillement si vif, qu'il se démena en vrai démon et poussa les exclamations les plus passionnées. Tous trois à la fois nous éclatâmes de plaisir en raidissant nos quatre membres ! Quelle ardeur dans mon palais ! Quelle jouissance délicieuse au fond de mes entrailles ! Conçois-tu ces excès ? Aspirer par sa bouche toute une force d'homme ; d'une soif impatiente, la boire, l'engloutir en flots d'écume chaude et âcre et sentir à la fois un double jet de feu vous traverser dans les deux sens et creuser votre chair… C'est une jouissance triple, infinie, qu'il n'est pas donné de décrire ! Mes incomparables lutteurs eurent la généreuse vaillantise de la renouveler jusqu'à extinction de leurs forces.

Depuis, fatiguée, dégoûtée des hommes, je n'ai plus compris d'autre désir, d'autre bonheur que celui de s'entrelacer nue au corps frêle et tremblant d'une jeune fille timide, vierge encore, qu'on instruit, qu'on étonne, qu'on abîme de volupté… Mais… qu'as-tu donc ? que fais-tu ?

FANNY.
Je suis dans un état affreux. J'éprouve des désirs horribles, monstrueux. Tout ce que tu as senti de plaisir ou de douleur, je voudrais le sentir aussi, de suite, à présent !… Tu ne pourras plus me satisfaire… Ma tête brûle… elle tourne… Oh ! j'ai peur de devenir folle. Voyons ! que peux-tu ? Je veux mourir d'excès, je veux jouir, enfin !… jouir !… jouir !…

GAMIANI.
Calme-toi, Fanny ! Calme-toi ! tu m'épouvantes par tes regards. Je t'obéirai, je ferai tout ; que veux-tu ?

FANNY.
Eh bien ! que ta bouche me prenne, qu'elle m'aspire… Là ! fais-moi rendre l'âme ! Je veux te saisir après, te fouiller jusqu'aux entrailles et te faire crier… Oh ! cet âne ! il me tourmente aussi. Je voudrais un membre énorme, dût-il me fendre et me crever !

GAMIANI.
Folle ! Folle ! tu seras satisfaite. Ma bouche est habile, et j'ai de plus apporté un instrument… Tiens ! regarde… Il vaut bien l'action d'un âne.

FANNY.
Ah ! quel monstre ! Donne vite, que je tente !… Hai ! hai ! ouf ! impossible ! Cela m'étouffe !

GAMIANI.
Tu ne sais pas le conduire. C'est mon affaire ; sois ferme seulement.

FANNY.
Quand je devrais y rester, je veux tout l'engloutir ; la rage me possède !

GAMIANI.
Couche-toi donc sur le dos, bien étendue, les cuisses écartées, les cheveux au vent ; laisse tes bras tomber nonchalamment. Livre-toi sans crainte et sans réserve.

FANNY.
Oh ! oui, je me livre avec transport ! Viens dans mes bras, viens vite !

GAMIANI.
Patience, enfant ! Écoute : pour bien sentir tout le plaisir dont je veux t'enivrer, il faut t'oublier un instant, te perdre, te fondre en une seule pensée, une pensée d'amour sensuel, de jouissance charnelle et délirante ! Quels que soient mes assauts, quelles que soient mes fureurs, garde-toi de remuer ou d'agir. Reste sans mouvement, reçois mes baisers sans les rendre. Si je mords, si je déchire, comprime l'élan de la douleur aussi bien que celui du plaisir jusqu'au moment suprême où toutes deux nous lutterons ensemble pour mourir à la fois !

FANNY.
Oui ! oui ! je te comprends, Gamiani. Allons ! je suis comme endormie, je te rêve à présent. Je suis à toi, viens !… Suis-je bien ? Attends, cette pose sera, je crois, plus lubrique.

GAMIANI.
Débauchée ! tu me dépasses. Que tu es belle, exposée de la sorte !… Impatiente ! tu désires déjà, je le vois…

FANNY.
Je brûle plutôt. Commence, commence ! je t'en prie !

GAMIANI.
Oh ! prolongeons encore cette attente irritée ; c'est presque une volupté. Laisse-toi donc aller davantage. Ah ! bien ! bien ! Je te voulais ainsi : on

la dirait morte... délicieux abandon... c'est cela ! Je vais m'emparer de toi, je vais te réchauffer, te ranimer peu à peu ; je vais te mettre en feu, te porter au comble de la vie sensuelle. Tu retomberas morte encore, mais morte de plaisir et d'excès. Délices inouïes ! les goûter seulement la durée de deux éclairs serait la joie de Dieu !

FANNY.
Tes discours me brûlent : à l'œuvre, à l'œuvre, Gamiani !

À ces mots, Gamiani noue précipitamment ses cheveux flottants, qui la gênent. Elle porte la main entre ses cuisses, s'excite un instant, puis, d'un bond, elle s'élance sur le corps de Fanny, qu'elle touche, qu'elle couvre partout. Ses lèvres entr'ouvrent une bouche vermeille, sa langue y pompe le plaisir. Fanny soupire ; Gamiani boit son souffle et s'arrête. À voir ces deux femmes nues, immobiles, soudées, pour ainsi dire, l'une à l'autre, on eût dit qu'il s'opérait entre elles une fusion mystérieuse, que leurs âmes se mêlaient en silence.

Insensiblement Gamiani se détache et se relève. Ses doigts jouent capricieusement dans les cheveux de Fanny, qu'elle contemple avec un sourire ineffable de langueur et de volupté. Les baisers, les tendres morsures volent de la tête aux pieds, qu'elle chatouille du bout de ses mains, du bout de sa langue. Elle se précipite ensuite à corps perdu, se redresse, retombe encore haletante, acharnée. Sa tête, ses mains se multiplient. Fanny est baisée, frottée, manipulée dans toutes ses parties ; on la pince, on la presse, on la mord. Son courage cède, elle pousse des cris aigus ; mais un toucher délicieux vient calmer à l'instant sa douleur et provoquer un long soupir. – Plus ardente, plus empressée, Gamiani jette sa tête à travers les cuisses de sa victime. Ses doigts écartent, violentent deux nymphes délicates. Sa langue plonge dans le calice, et, lentement, elle épuise toutes les voluptés du chatouillement le plus irritant qu'une femme puisse sentir. Attentive aux progrès du délire qu'elle cause, elle s'arrête ou redouble selon que l'excès du plaisir ou s'éloigne ou s'approche. Fanny, nerveusement saisie, part tout à coup d'un élan furieux.

FANNY.
C'est trop ! oh !… je meurs !… heu !…

GAMIANI.
Prends ! prends !… crie Gamiani en lui présentant une fiole qu'elle vient de vider à moitié. Bois ! c'est l'élixir de vie. Tes forces vont renaître !

Fanny, anéantie, incapable de résister, avale la liqueur qu'on verse dans sa bouche entr'ouverte.

– Ah ! ah ! s'écrie Gamiani d'une voix éclatante, tu es à moi !

Son regard avait quelque chose d'infernal. À genoux entre les jambes de Fanny, elle s'attachait son redoutable instrument et le brandissait d'un air menaçant.

À cette vue, les transports de Fanny redoublent plus violents. Il semble qu'un feu intérieur la tourmente et la pousse à la rage. Ses cuisses, écartées, se prêtent avec effort aux attaques du simulacre monstrueux. L'insensée ! elle eut à peine commencé cet horrible supplice, qu'une étrange convulsion la fit bondir en tous sens.

FANNY.
Hai ! hai ! la liqueur brûle, hai ! mes entrailles ! Mais cela pique, cela perce !… Ah ! je vais mourir !… Vile et damnée sorcière, tu me tiens !… Tu me tiens !… ah !

Gamiani, insensible à ces cris d'angoisse et de torture, redouble ses élans. Elle brise, déchire et s'abîme à travers des flots de sang ; mais voilà que ses yeux tournent. Ses membres se tordent, les os de ses doigts craquent. Je ne doute plus qu'elle n'ait avalé et donné un poison ardent.

Épouvanté, je me précipite à son secours. Je brise les portes dans ma violence, j'arrive ! Hélas ! Fanny n'existait plus ! Ses bras, ses jambes, horriblement contournés, s'accrochaient à ceux de Gamiani, qui luttait seule encore avec la mort.

Je voulus les séparer.

– Tu ne vois pas, me dit une voix de râle, que le poison me tourmente… que mes nerfs se tordent !… Va-t'en !… Cette femme est à moi !… Hai ! hai !

– C'est affreux ! m'écriai-je transporté.

GAMIANI.
Oui ! mais j'ai connu tous les excès des sens. Comprends donc, fou ! Il me restait à savoir si, dans la torture du poison, si, dans l'agonie d'une femme mêlée à ma propre agonie, il y avait une sensualité possible ! Elle est atroce ! entends-tu ! Je meurs dans la rage du plaisir, dans la rage de la douleur !… je n'en puis plus !… heu !…

À ce cri prolongé, venu du creux de la poitrine, l'horrible furie retombe morte sur le cadavre !